Cómo aprendí geografía

Uri Shulevitz

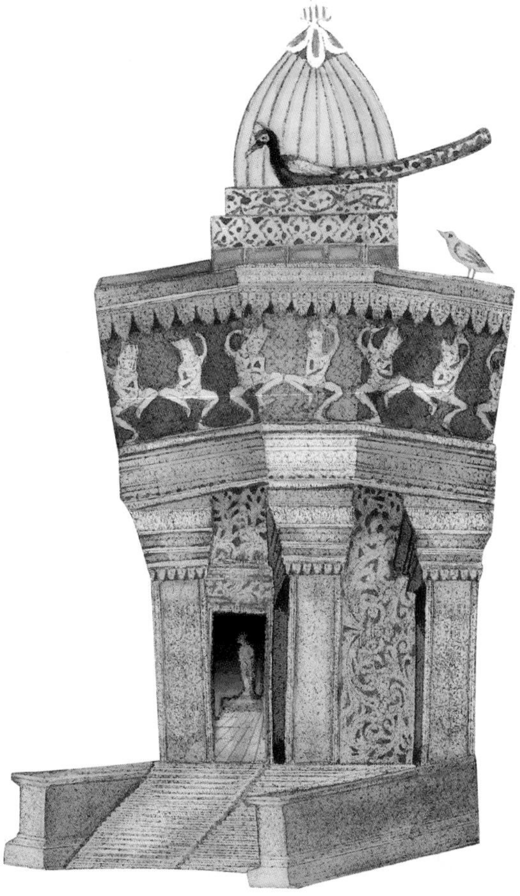

sm

Título original: *How I learned Geography*

Dirección editorial: María Castillo

Coordinación editorial: Teresa Tellechea

Traducción del inglés: Teresa Tellechea

© Uri Shulevitz, 2008

© Farrar Strauss and Giroux Books, 2008

© Ediciones SM, 2008 – Impresores, 2 –Urbanización Prado del Espino-

28660 Boadilla del Monte (Madrid)

Centro Integral de Atención al Cliente

Tel: 902 12 13 23

Fax: 902 24 12 22

clientes@grupo-sm.com

ISBN: 978-84-675-2870-1

Impreso en Singapur / *Printed in Singapore*

A la memoria de mi padre

Cuando la guerra devastó el país, los edificios se desmoronaron y se convirtieron en polvo.

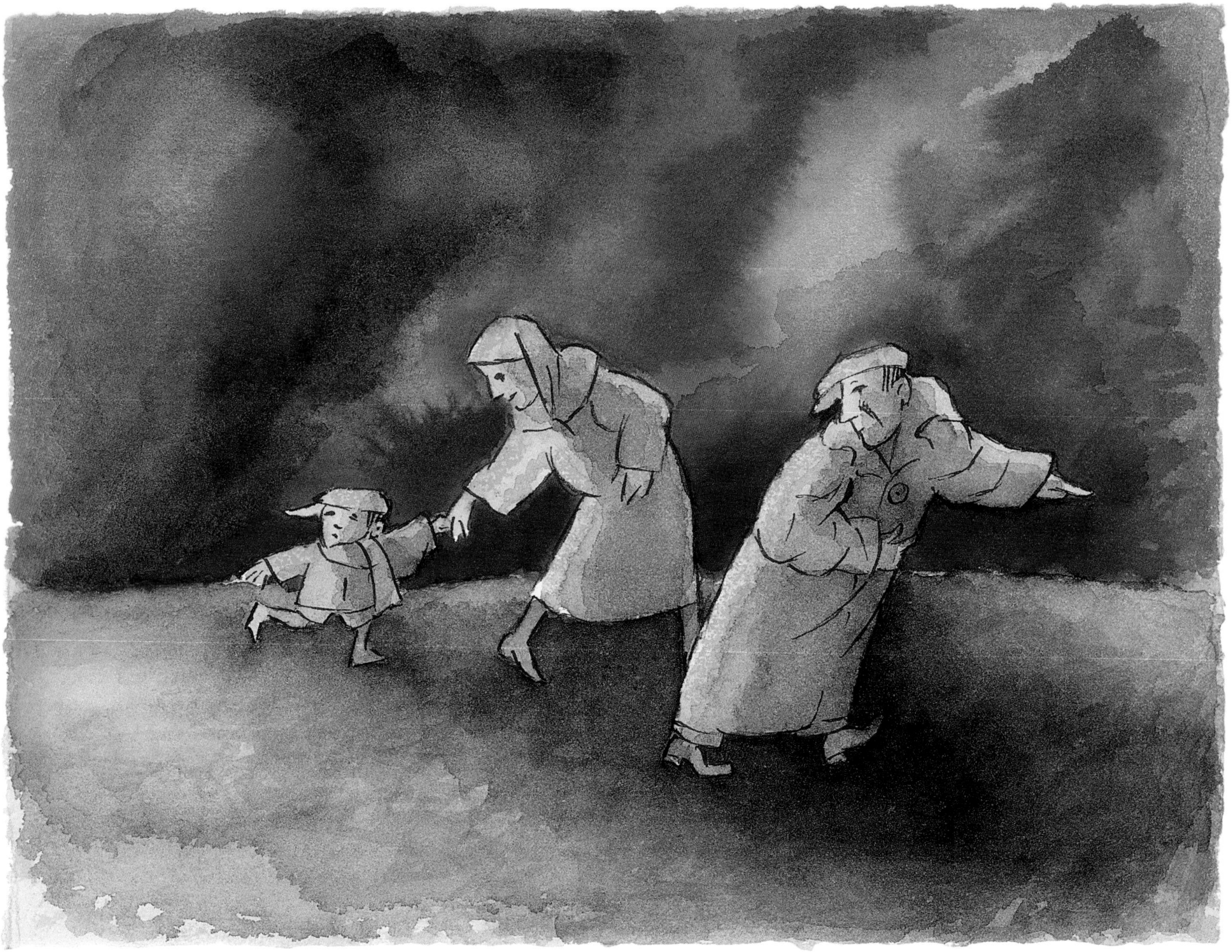

Perdimos todo lo que teníamos
y huímos con las manos vacías.

Viajamos lejos, muy lejos,
hacia el este, a otro país
donde los veranos eran calurosos
y los inviernos fríos;

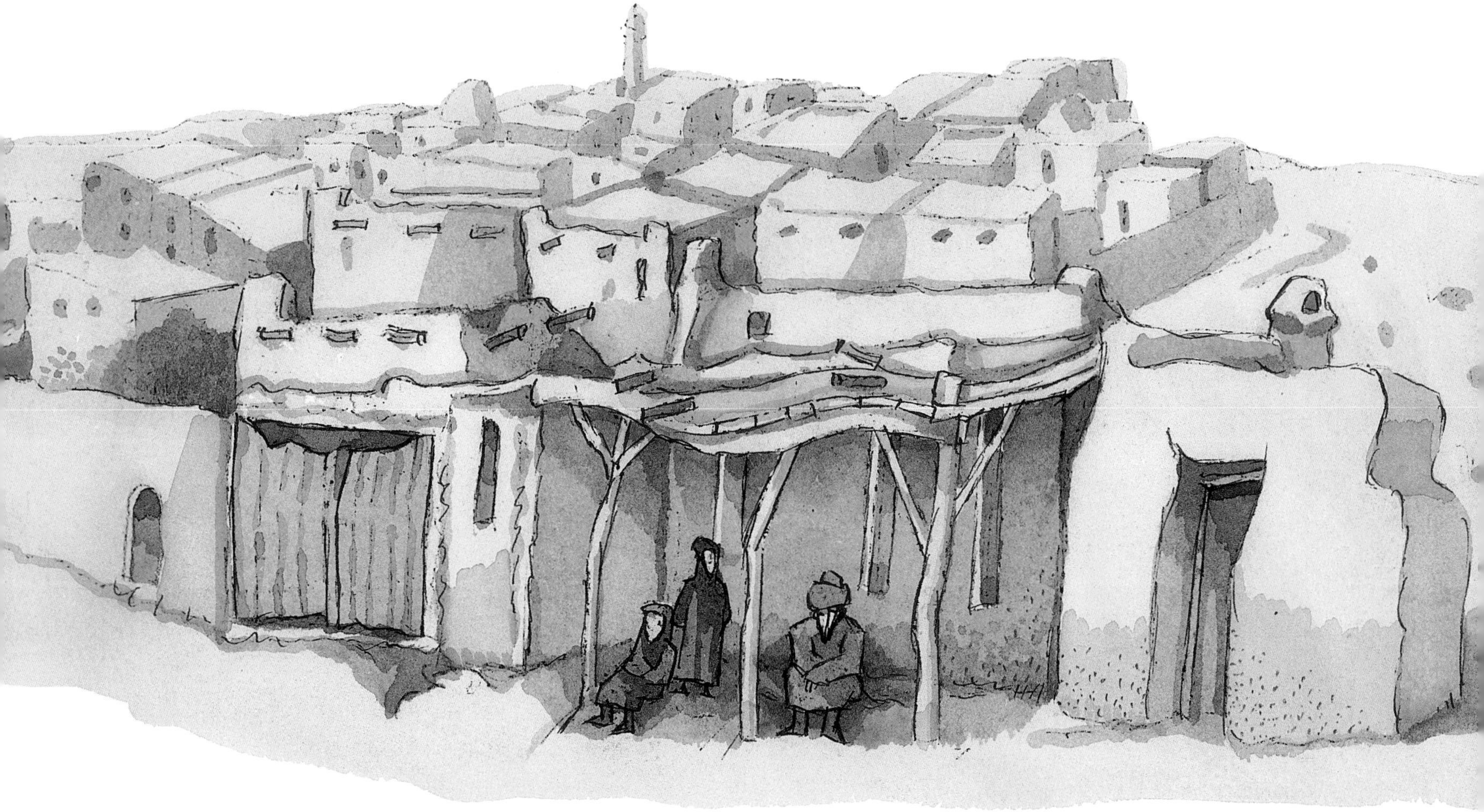

a una ciudad con casas hechas
con barro, paja y estiércol de camello,
rodeada por estepas polvorientas
quemadas por el sol.

Vivíamos en un pequeño cuarto
con una pareja que no conocíamos.
Dormíamos sobre un suelo sucio.
No tenía ni juguetes ni libros
Pero lo peor de todo era que la comida escaseaba.

Un día…

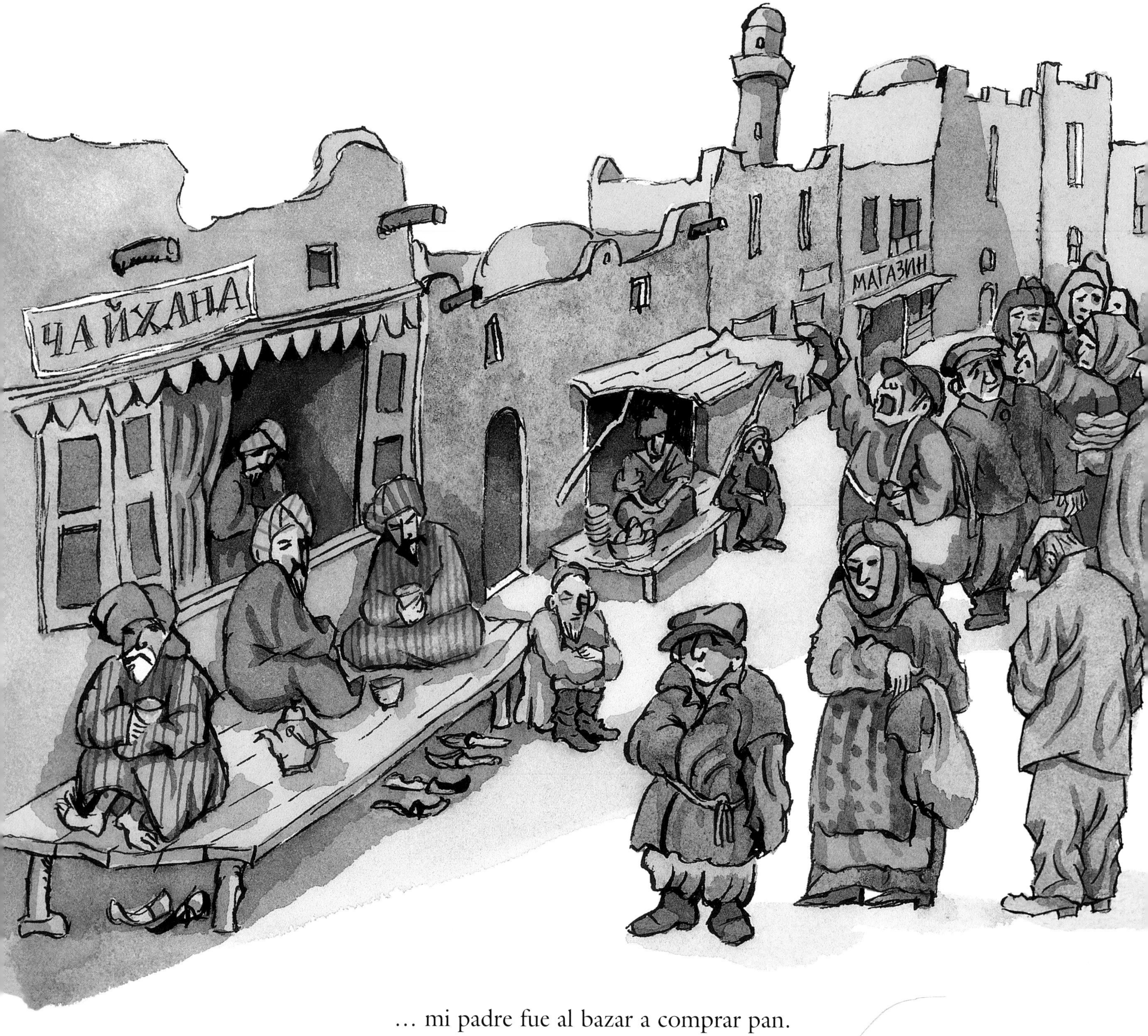
ЧАЙХАНА
МАГАЗИН

… mi padre fue al bazar a comprar pan.

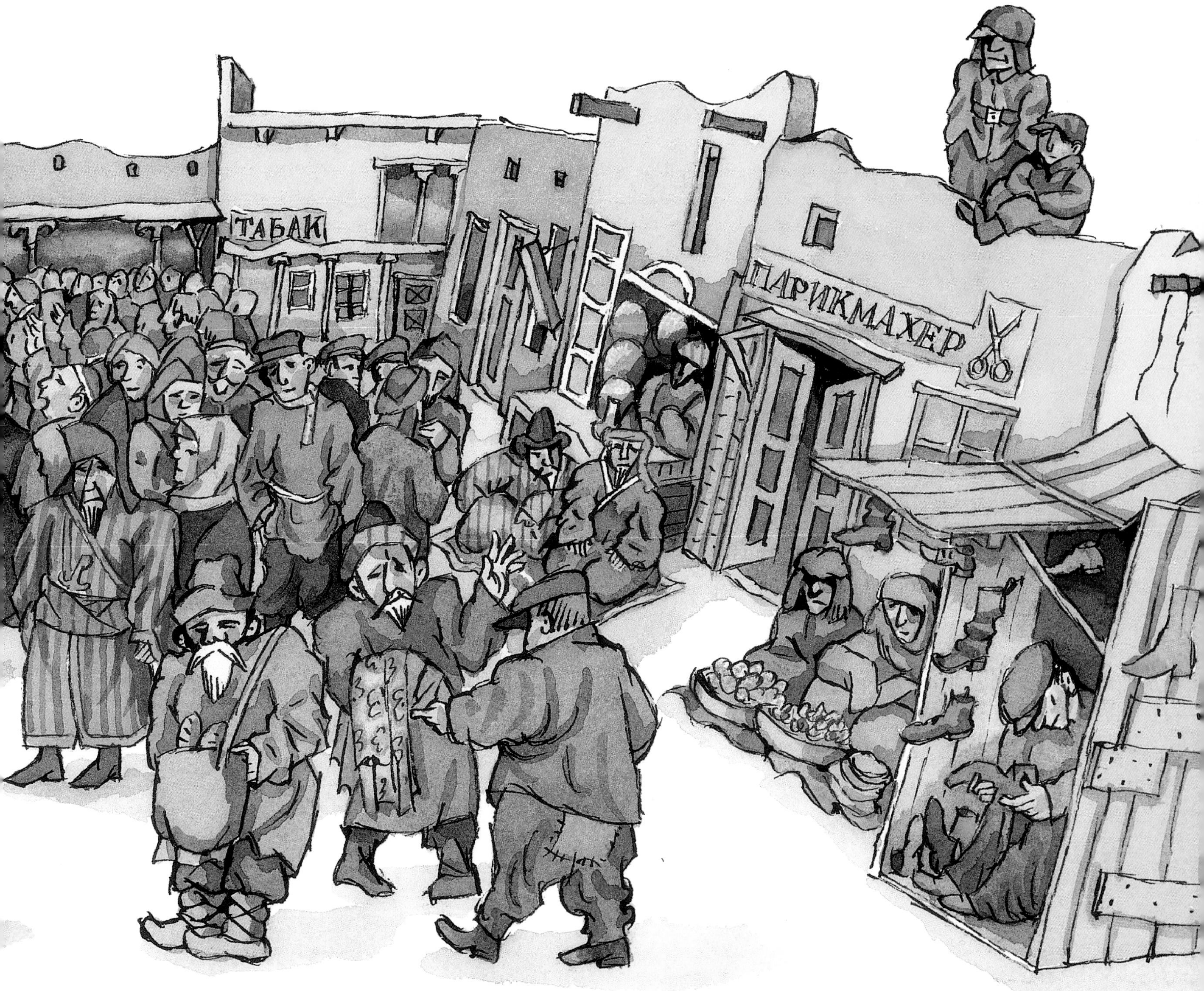
ТАБАК
ПАРИКМАХЕР

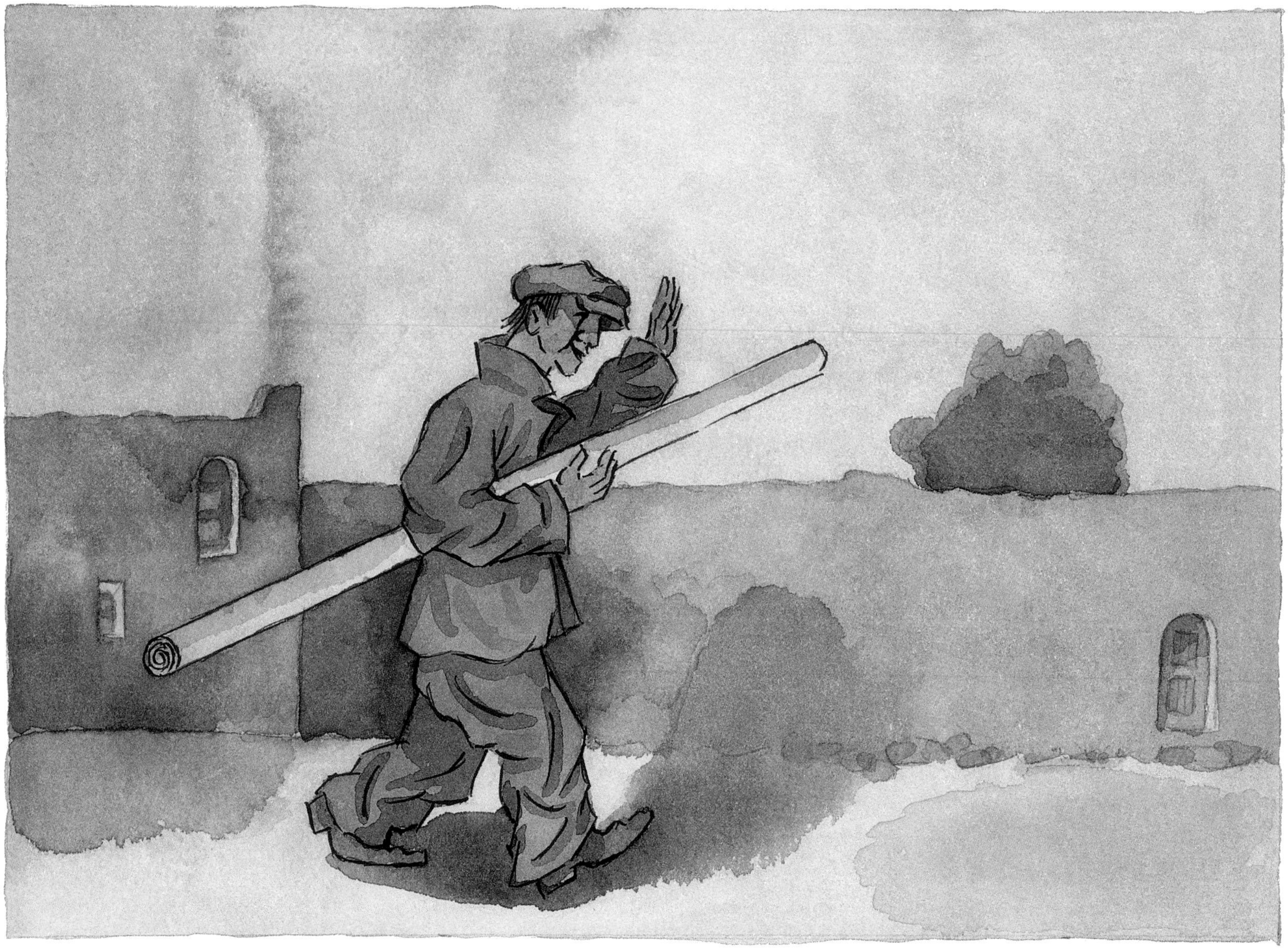

Era casi de noche y aún no había vuelto.
Mi madre y yo estábamos preocupados y hambrientos.
Ya casi no había luz cuando él volvió a casa.
Llevaba un largo rollo de papel bajo el brazo.
–He comprado un mapa –anunció triunfante.

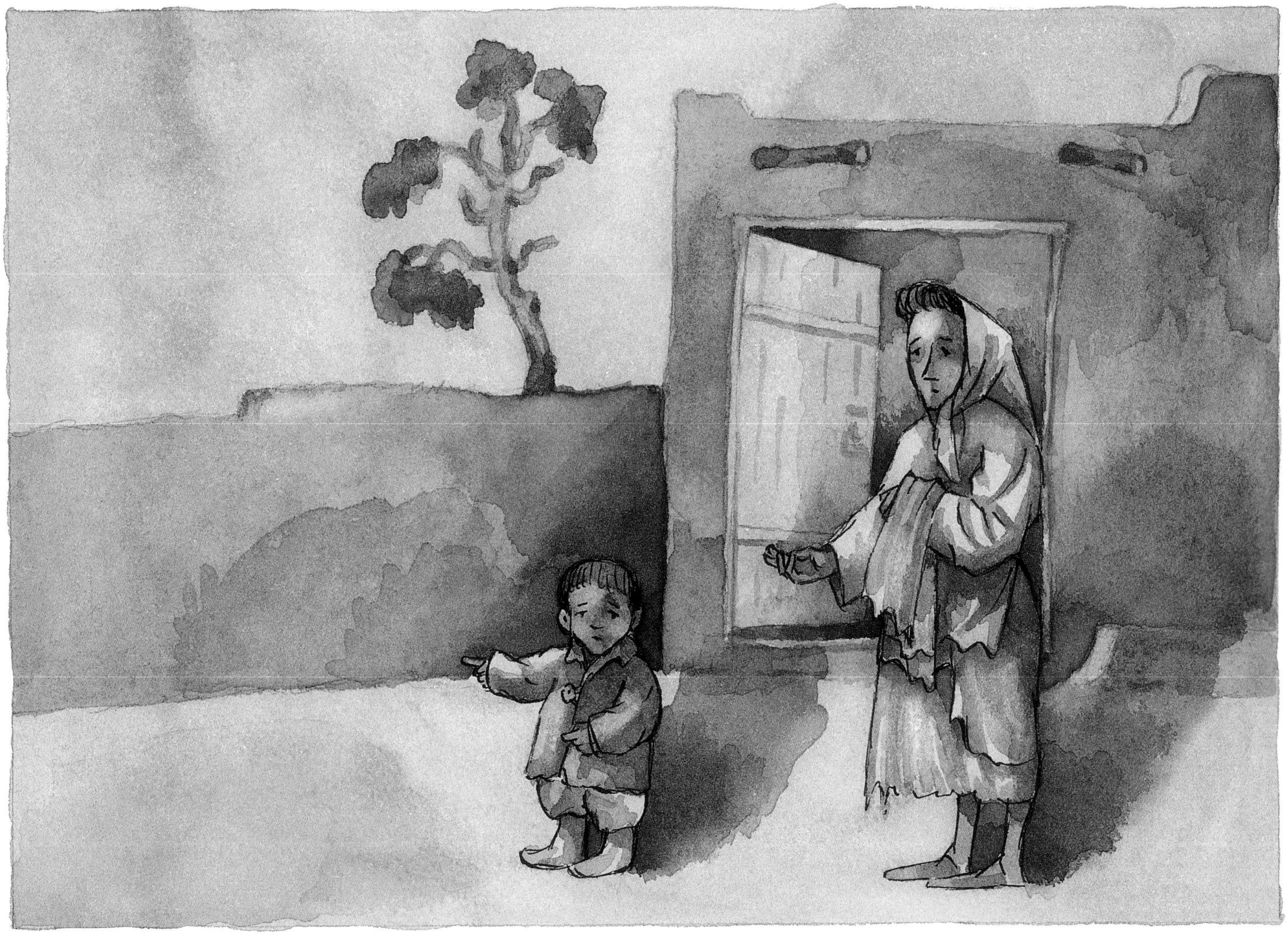

–¿Dónde está el pan? –preguntó mi madre.
–He comprado un mapa –dijo él de nuevo.
Mi madre y yo no dijimos nada.
–Solo tenía dinero para comprar un trozo de pan pequeño y seguiríamos hambrientos –explicó él disculpándose.
–No hay cena esta noche, pero tendremos un mapa –dijo mi madre amargamente.

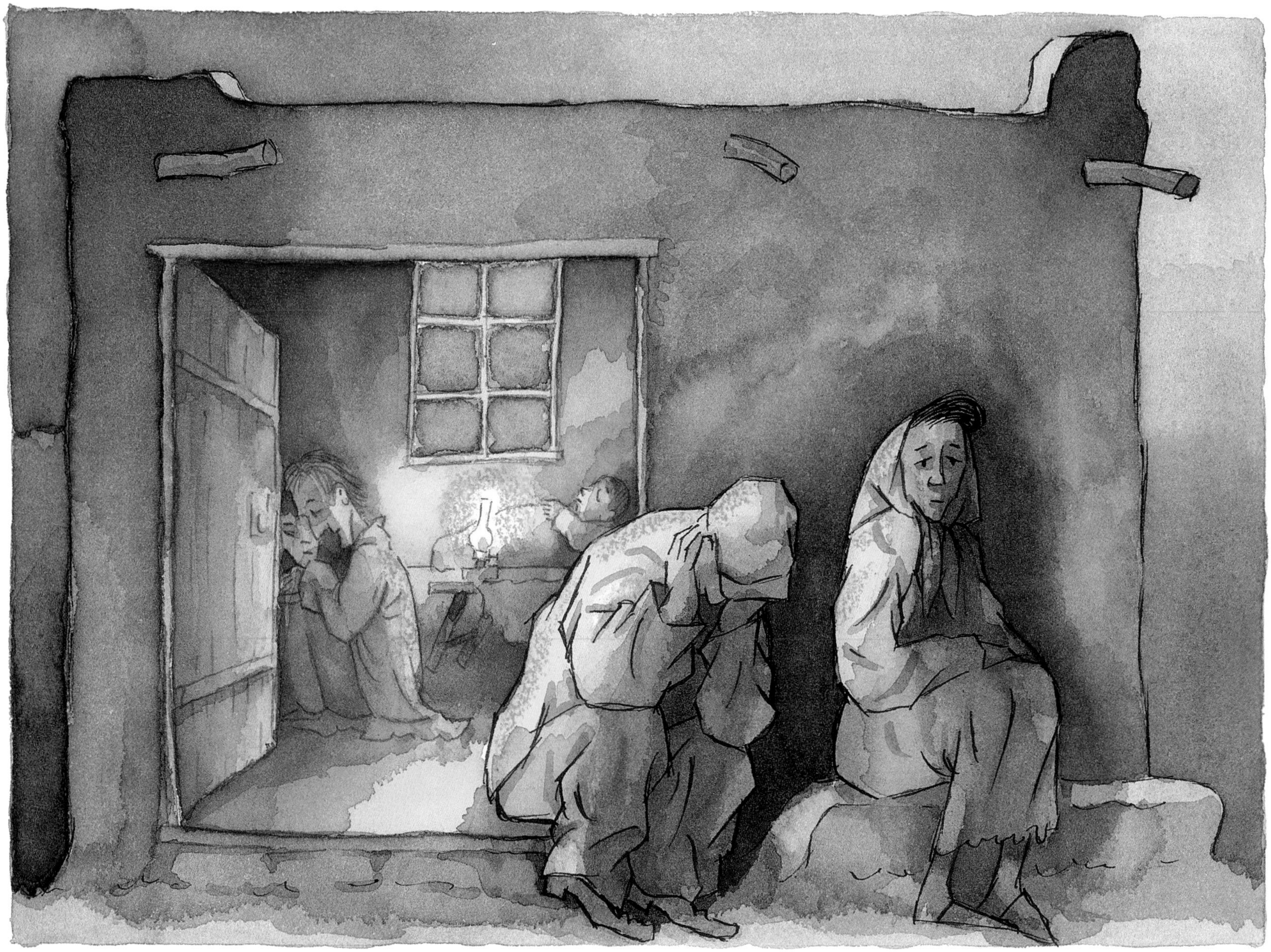

Estaba furioso.
Pensé que nunca se lo perdonaría
y me fui a la cama hambriento
mientras la pareja con la que vivíamos
comía su magra cena.

El marido era escritor.
Escribía en silencio pero, ¡qué fuerte masticaba!
Masticaba una pequeña corteza de pan con tanto entusiasmo
que parecía que fuera el trozo de pan más delicioso del mundo.
Le envidiaba a él y a su pan y deseaba que fuera yo el que lo estuviera masticando.
Me cubrí la cabeza con mi manta para no oírle relamerse con tanto placer.

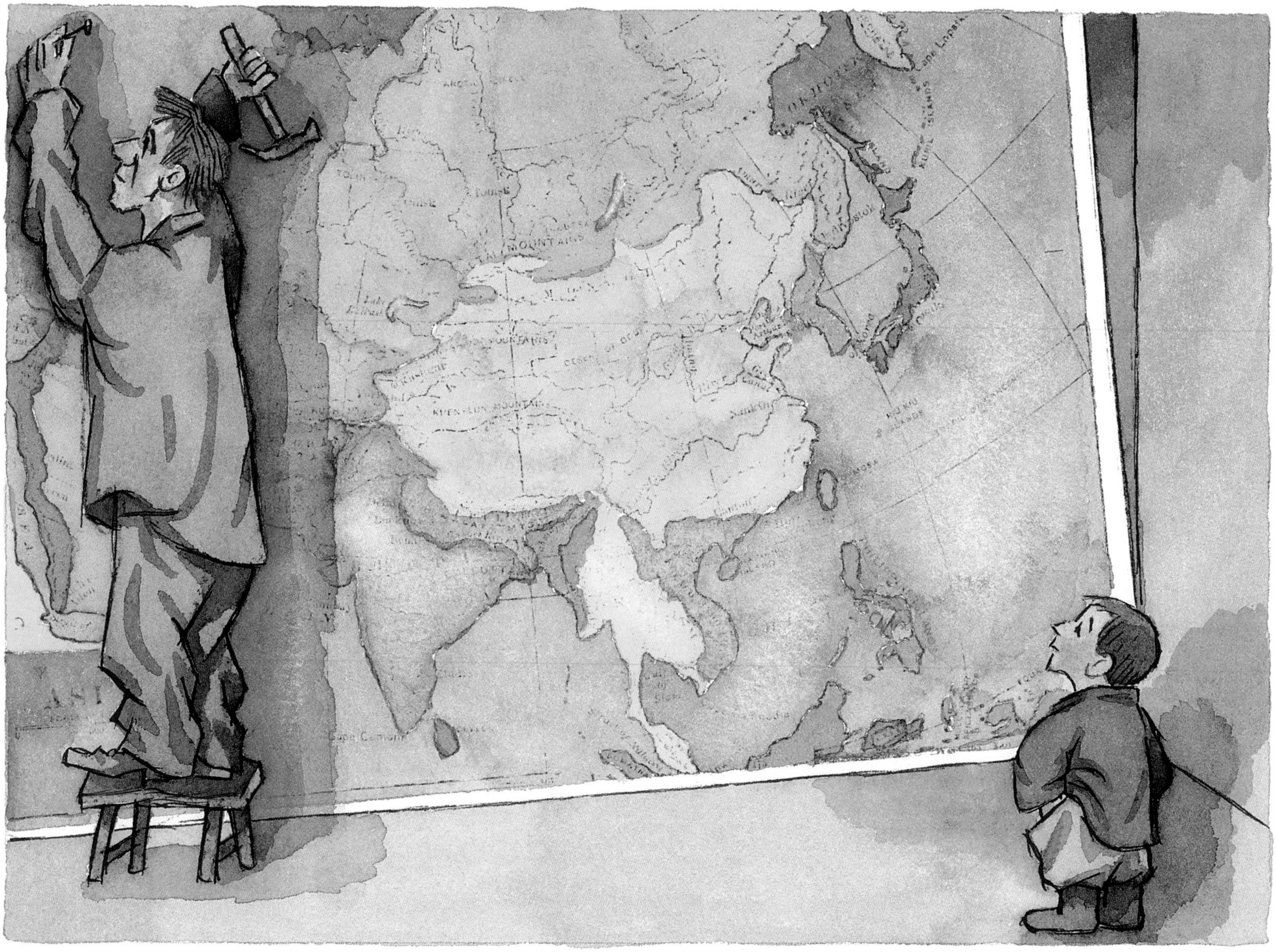

Al día siguiente, mi padre colgó el mapa.
Ocupaba toda una pared.
Nuestro triste cuarto se llenó de color.

Quedé fascinado con el mapa.
Pasaba horas y horas mirándolo,
estudiando cada detalle y dibujándolo
en cualquier trozo de papel que encontrara.

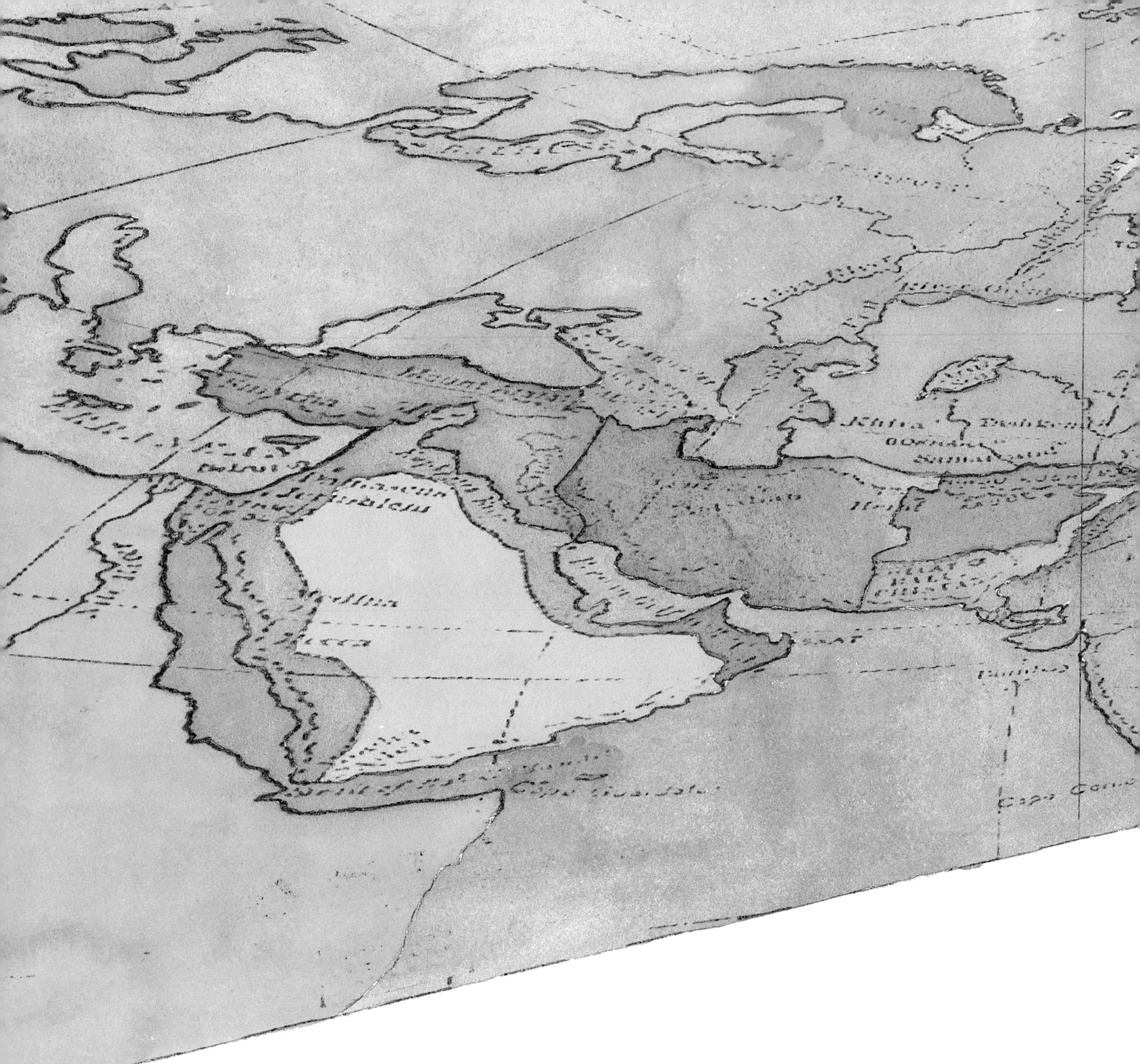
Khiva
Herat

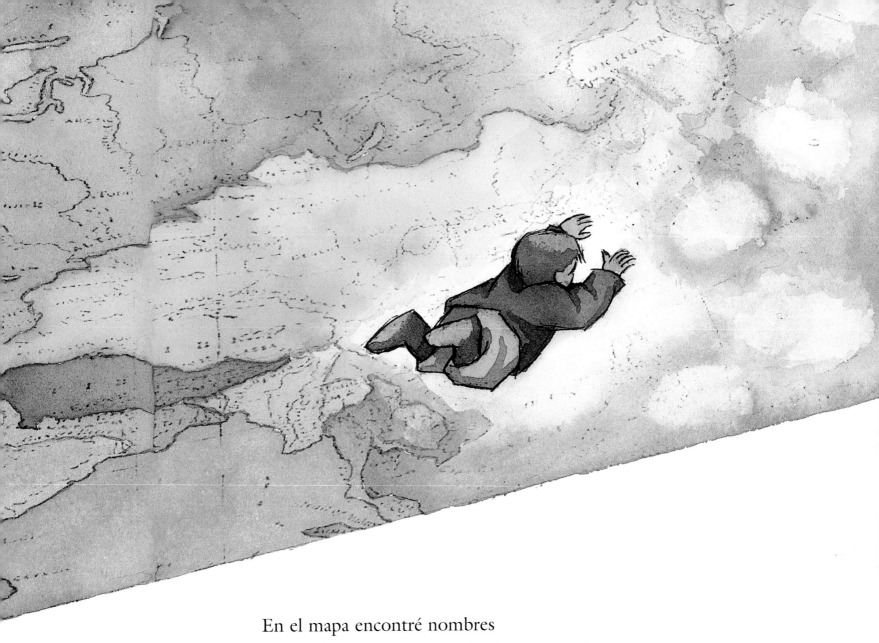

En el mapa encontré nombres
con sonidos extraños que rimaban entre sí:
> *Fukuok, Takaoka, Omsk,*
> *Fukuyama, Nagayama, Tomsk,*
> *Okazaki, Miyazaki, Pinsk,*
> *Pensilvania, Transilvania, Minsk.*

Repetía esta rima como un mágico encantamiento
y viajaba muy lejos sin siquiera salir de nuestro cuarto.

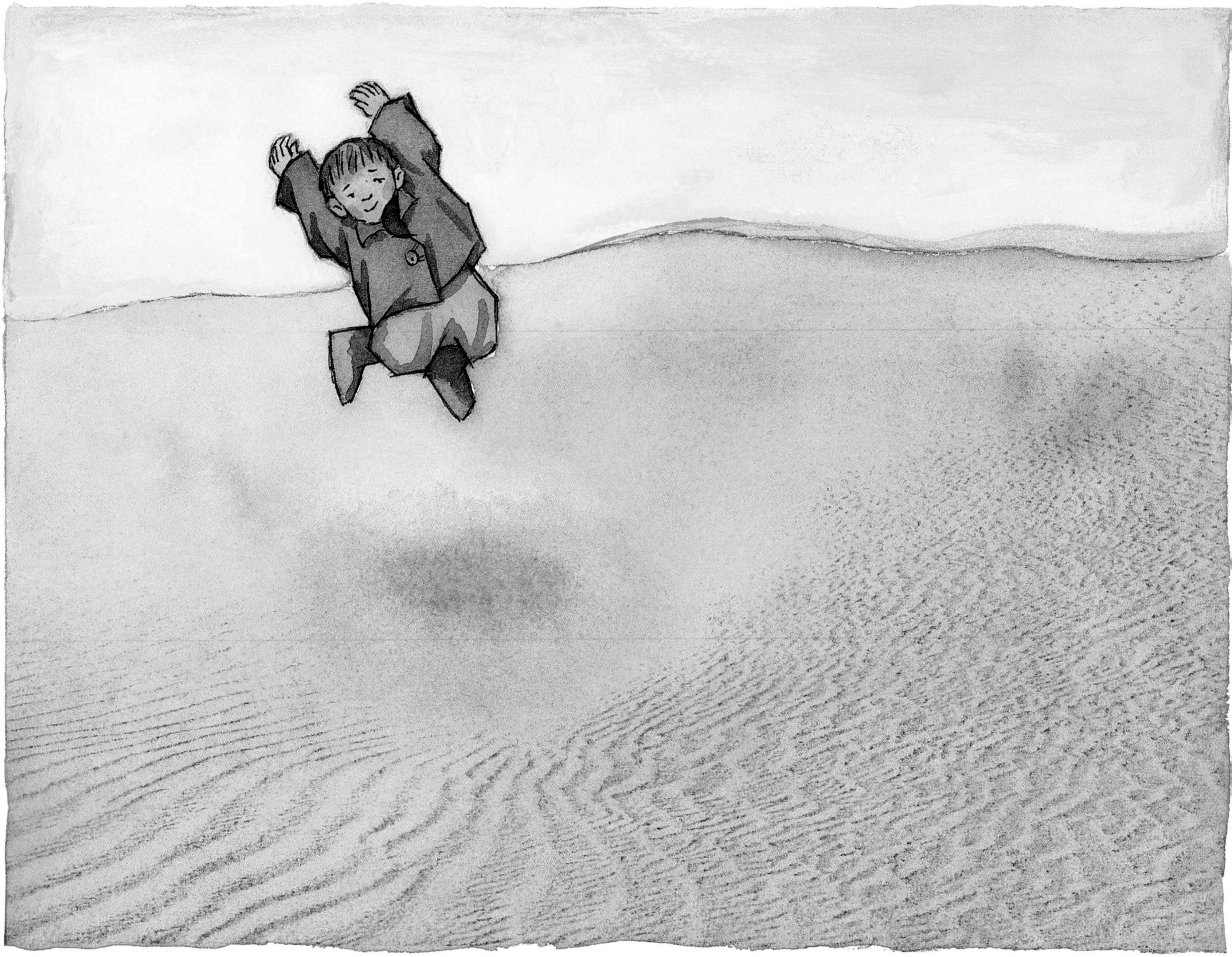

Aterricé en desiertos abrasadores.

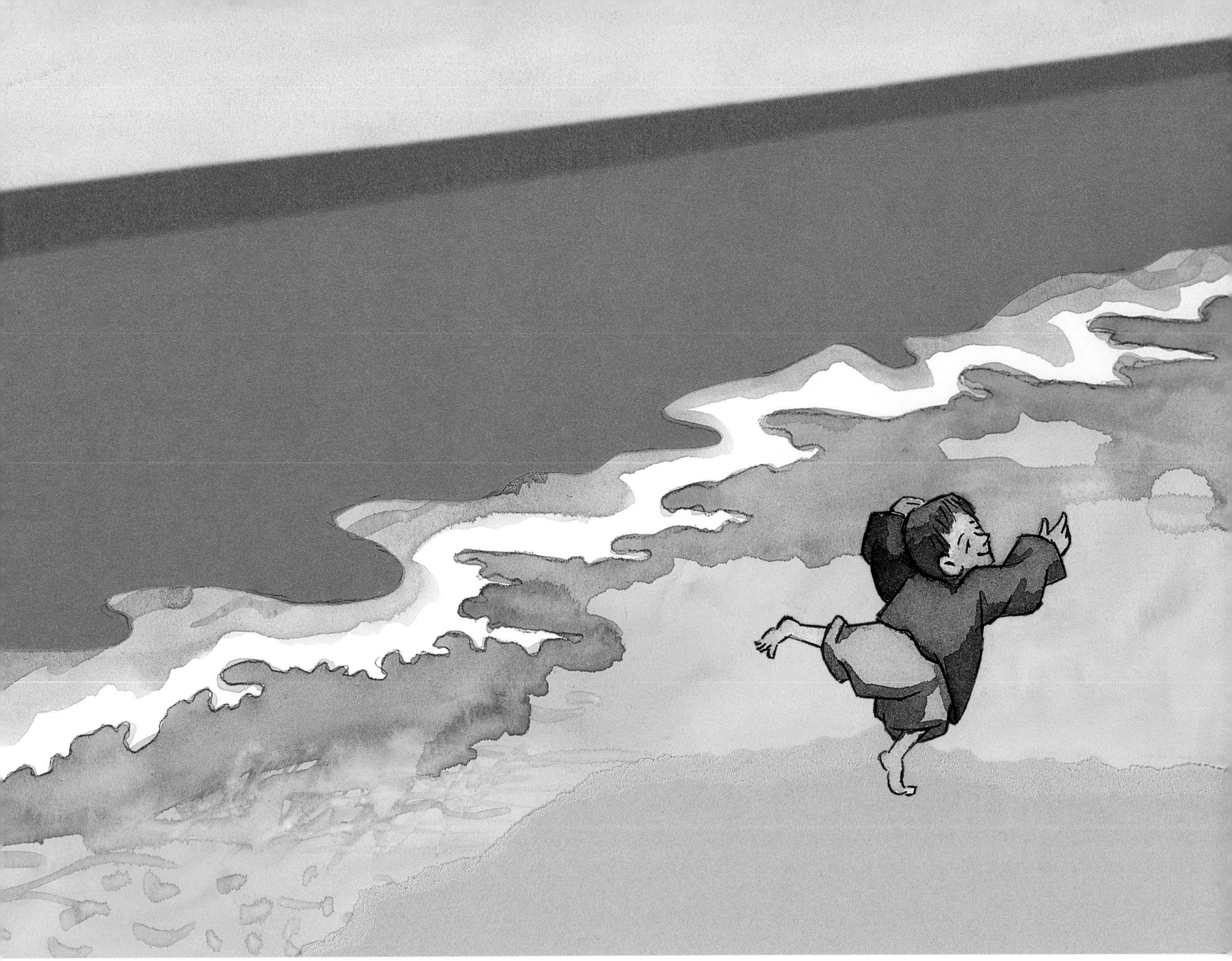

Corrí por playas y sentí la arena en mis pies.

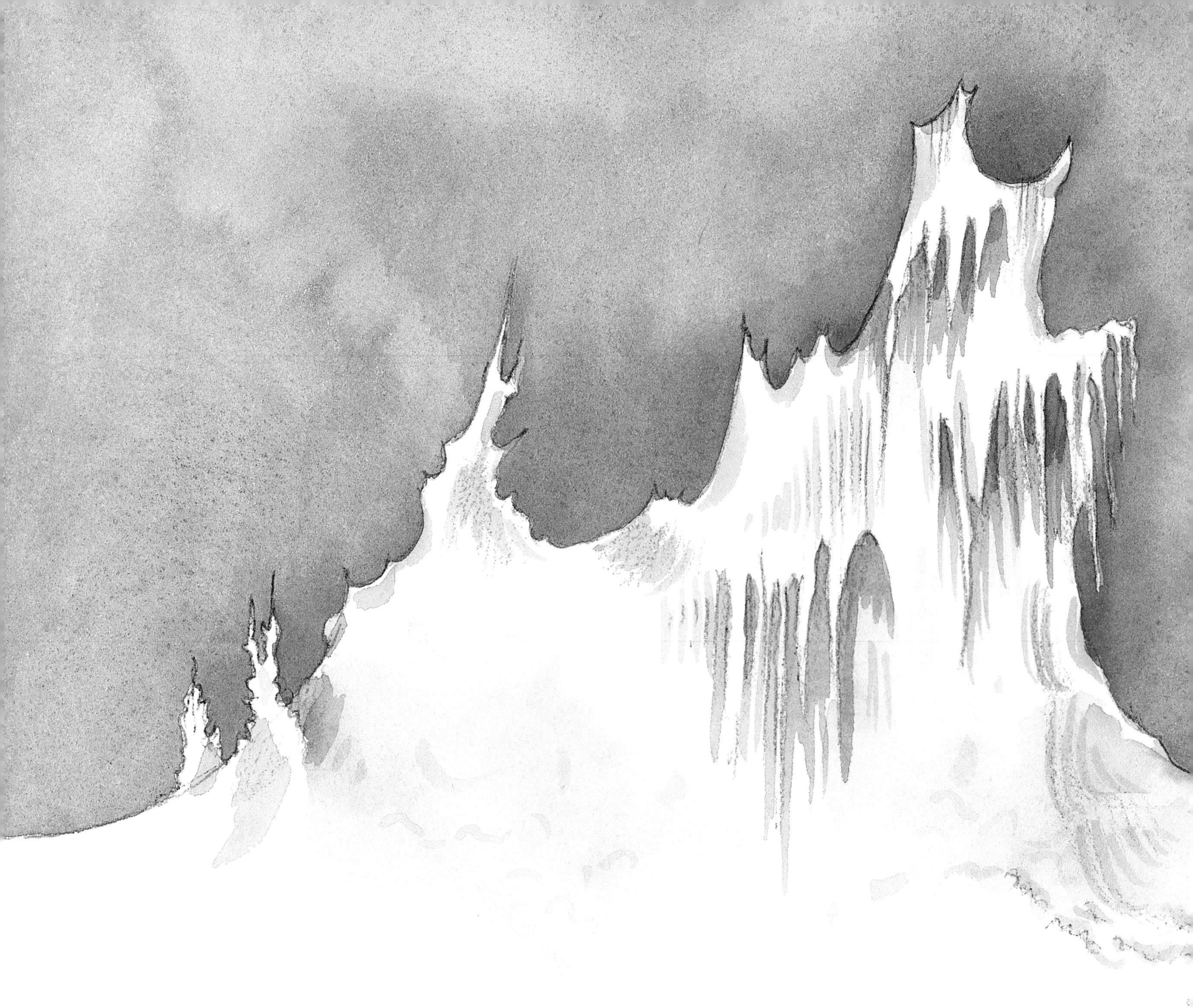

Escalé montañas nevadas

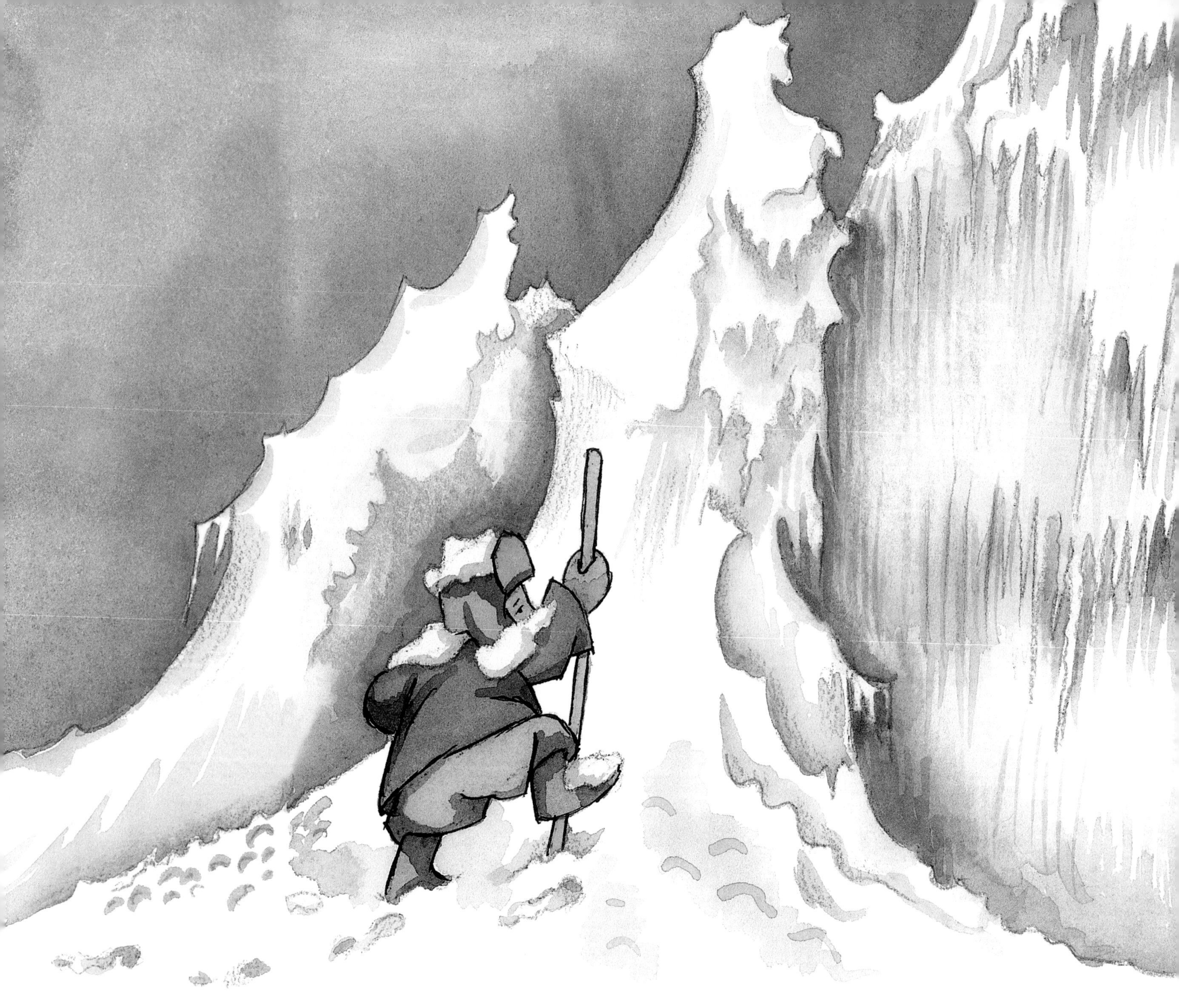

donde vientos helados rozaban mi cara.

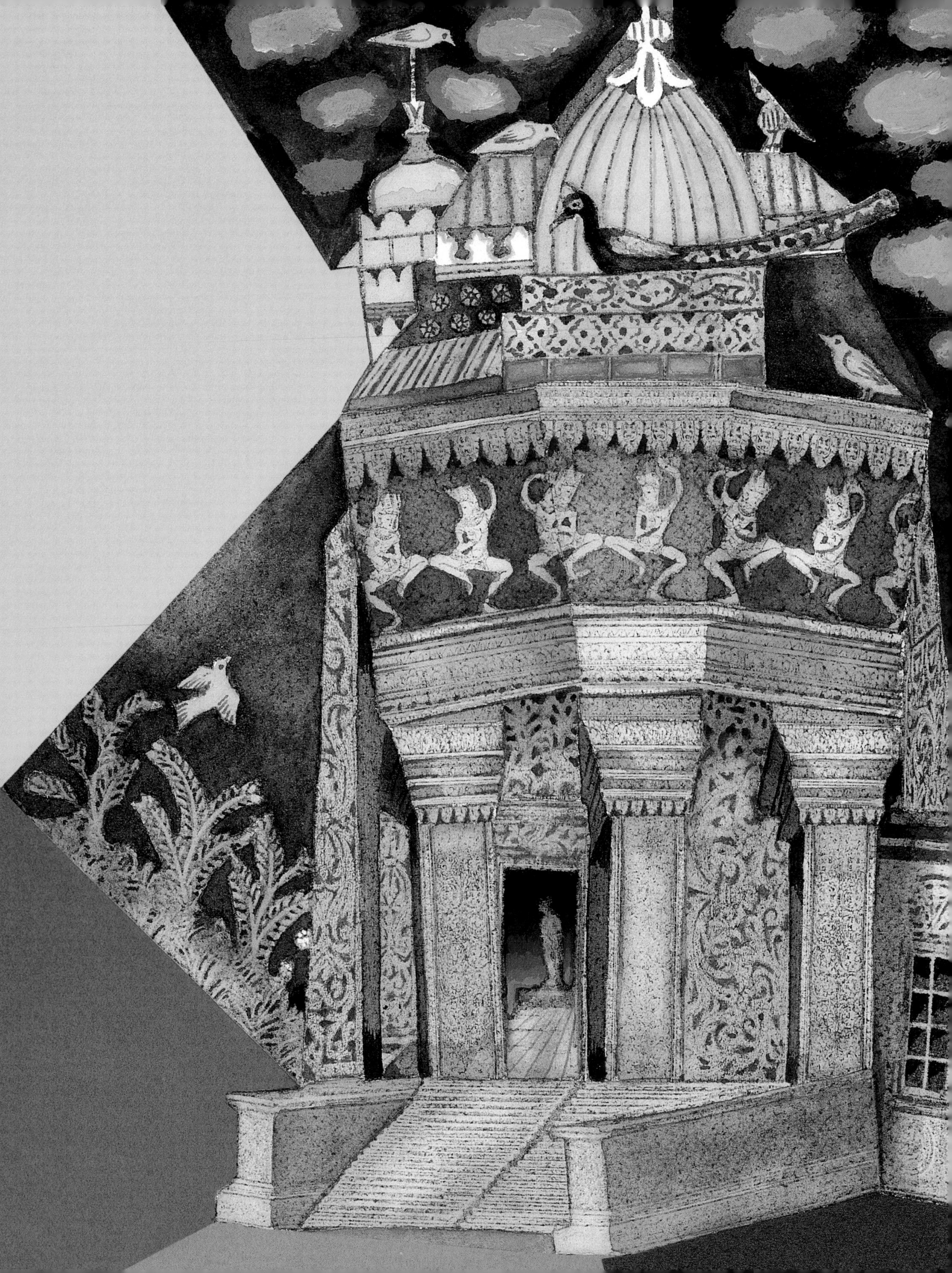

Vi templos maravillosos
en cuyos muros bailaban esculturas de piedra
y pájaros de todos los colores
cantaban en los tejados.

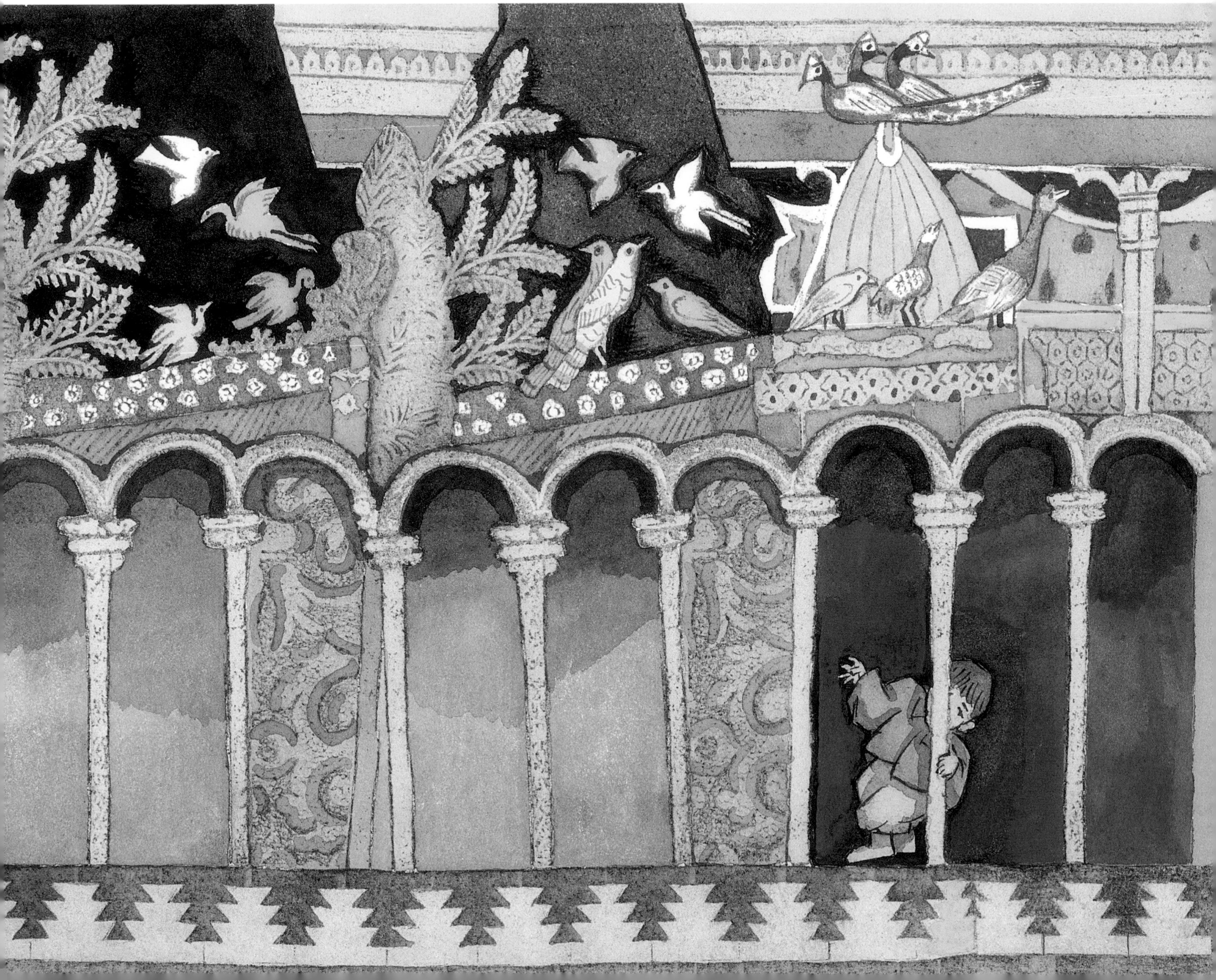

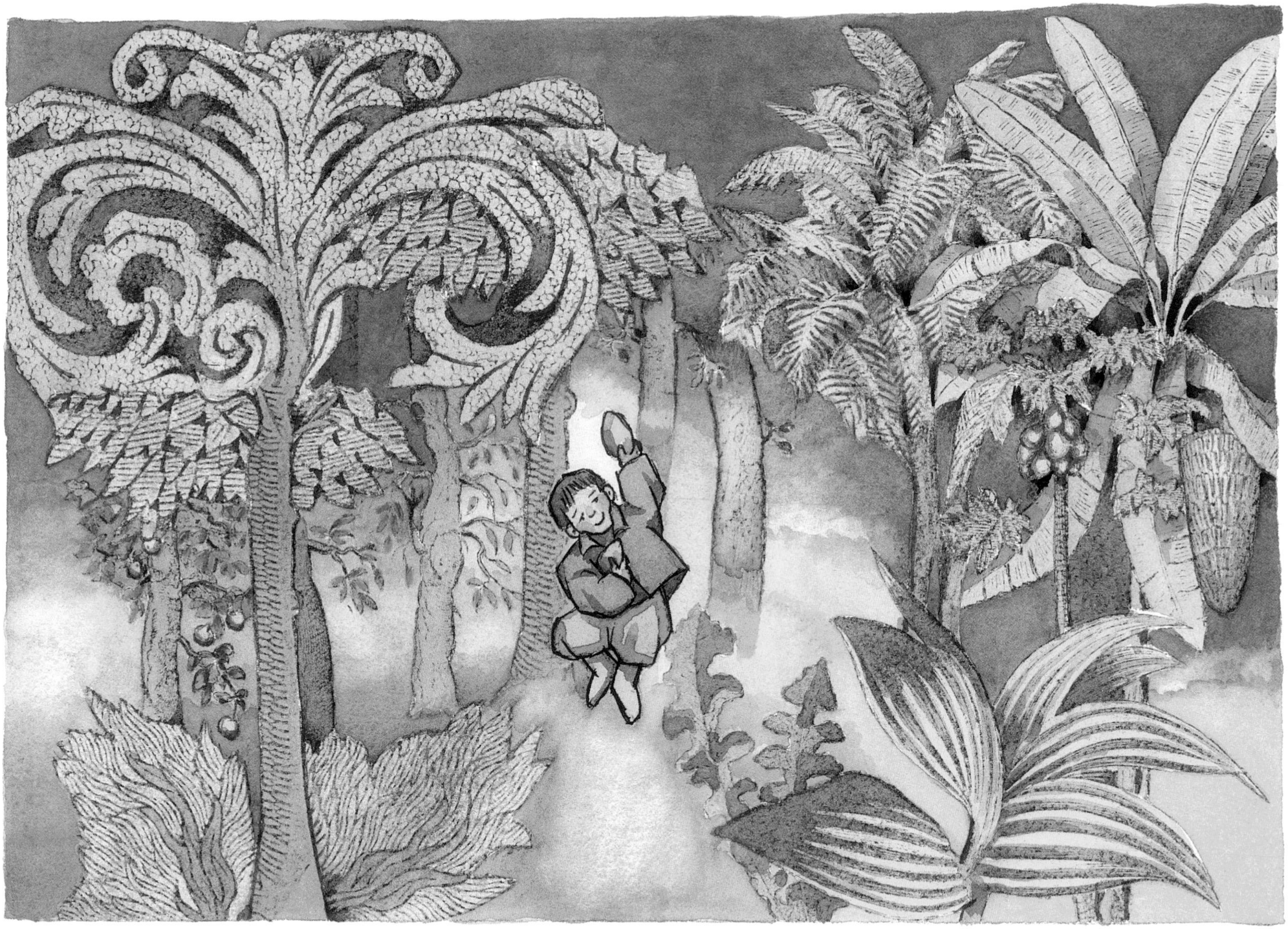

Crucé arboledas comiendo
tantas papayas y mangos como quise.

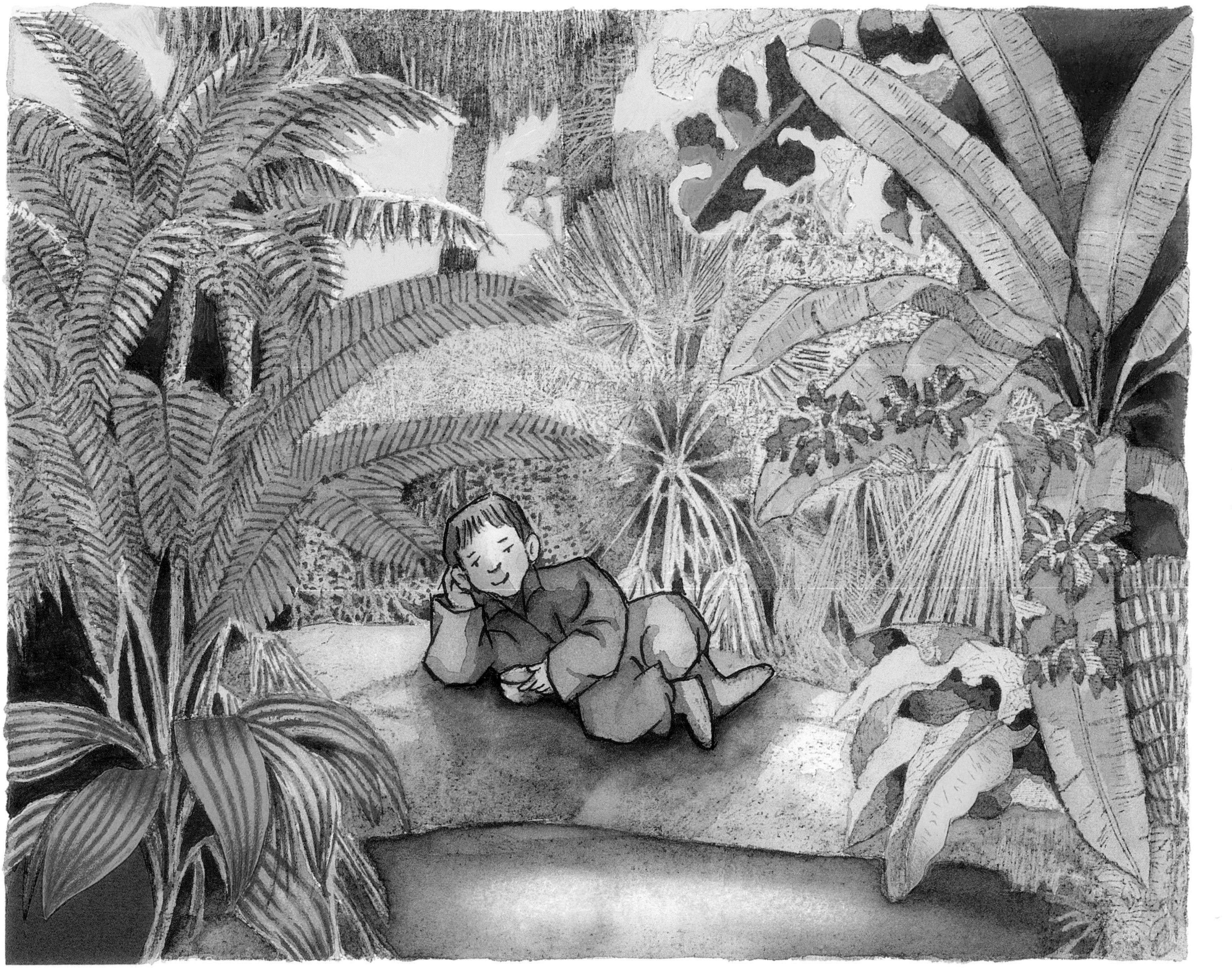

Bebí agua fresca y descansé
a la sombra de las palmeras.

Fui a una ciudad de edificios muy altos
y conté muchísimas ventanas,
quedándome dormido
antes de que pudiera terminar.

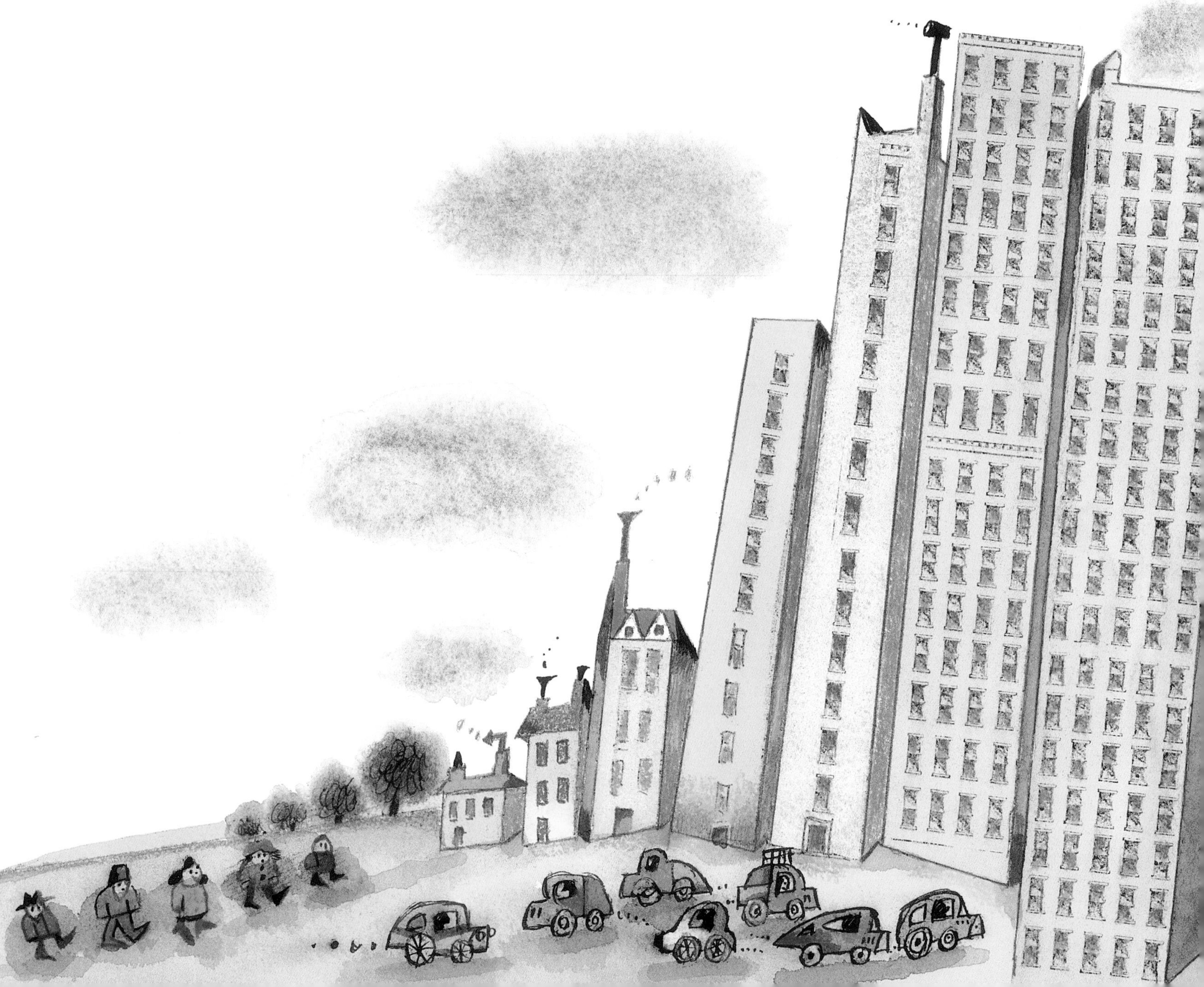

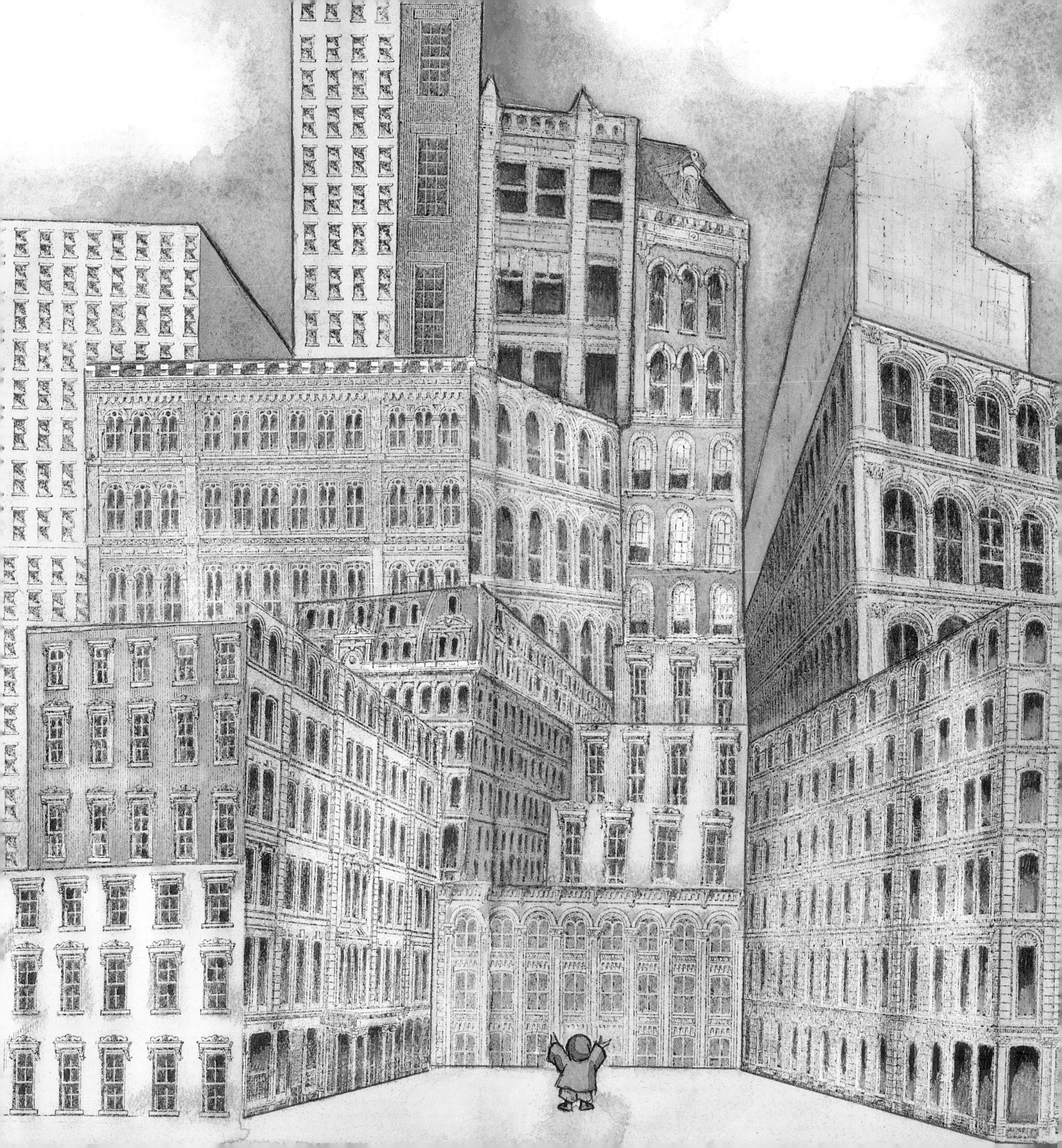

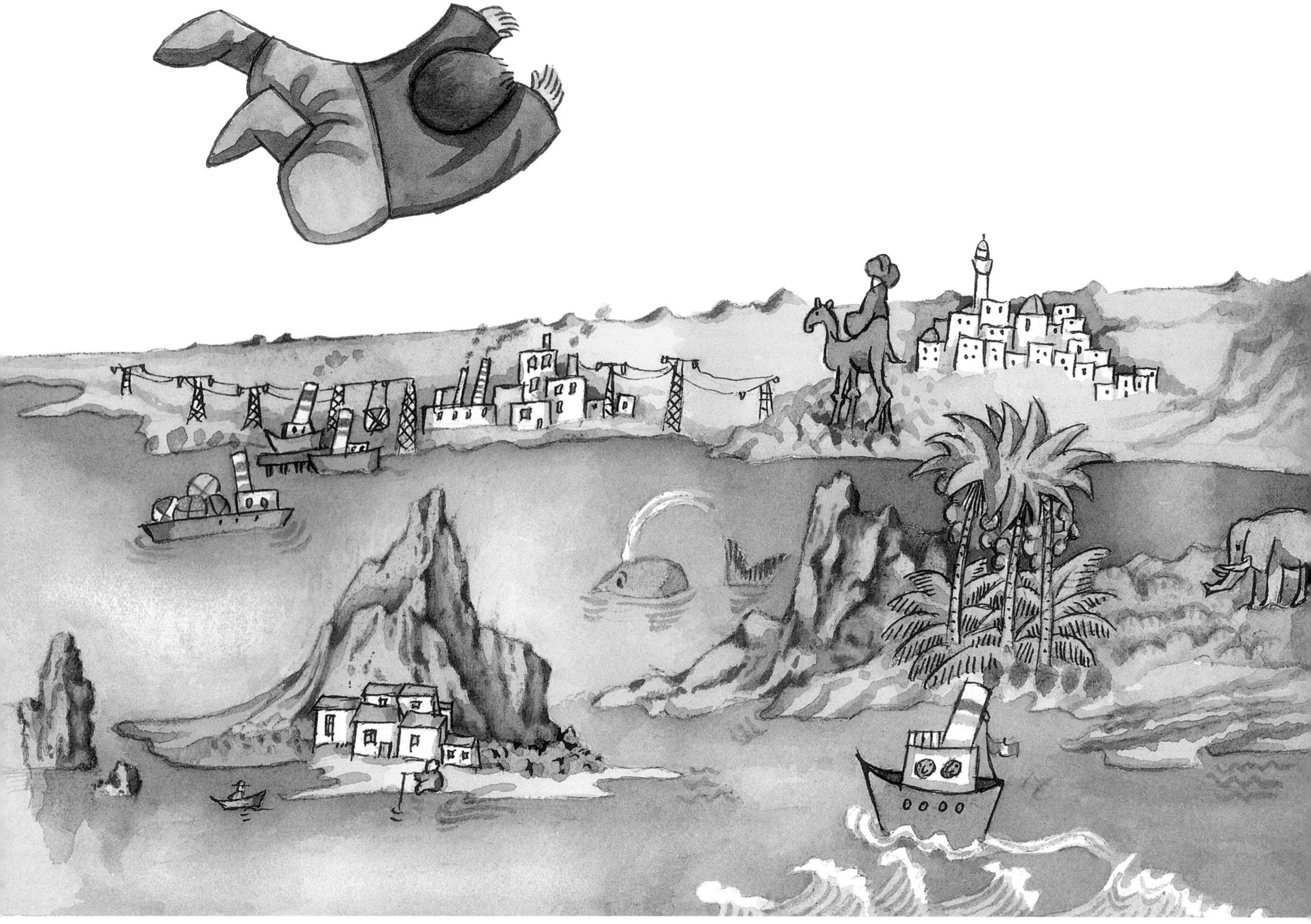

Y así pasé horas hechizado,
lejos, muy lejos, de la miseria y del hambre.

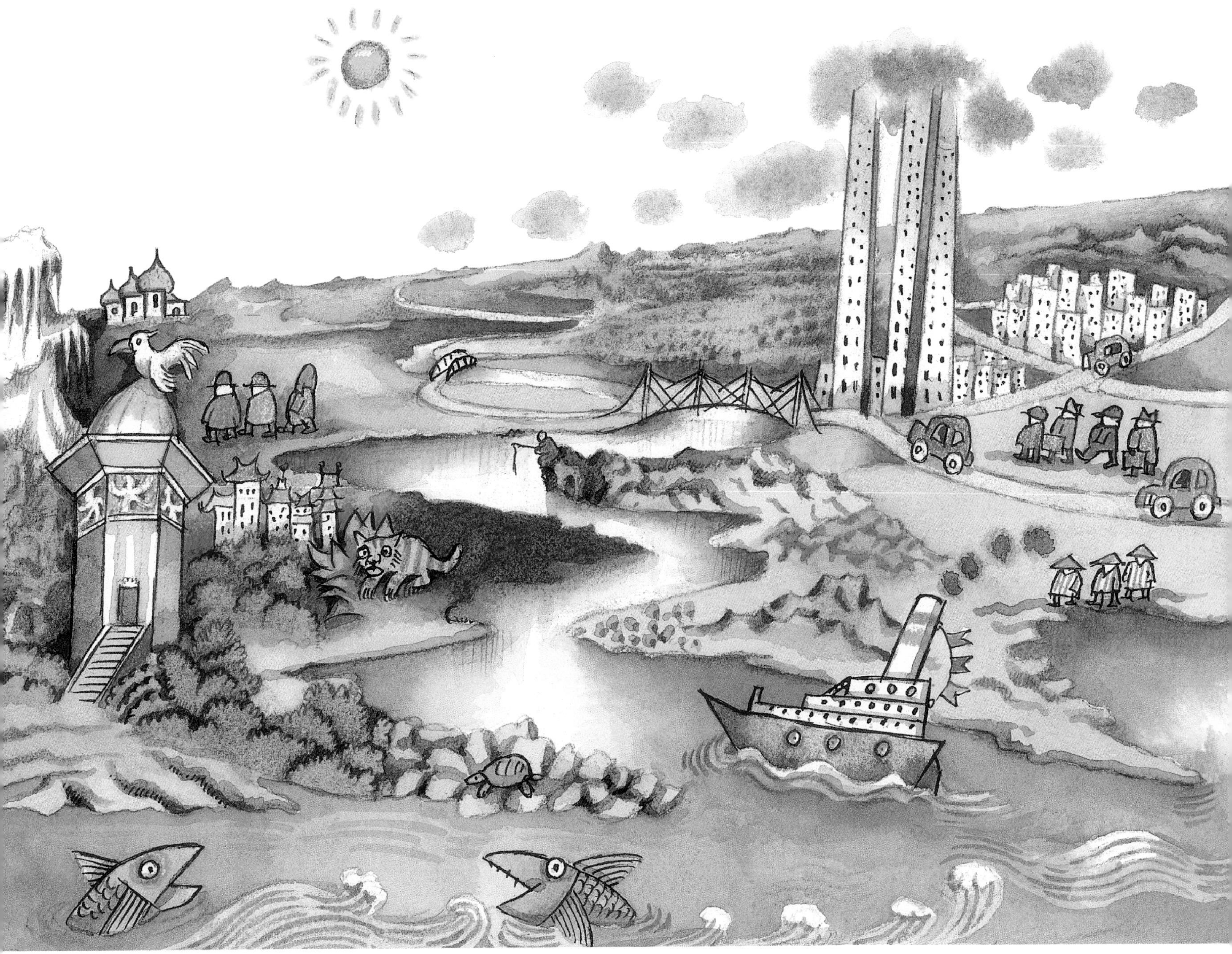

Perdoné a mi padre.
Después de todo, tenía razón.

NOTA DEL AUTOR

Nací en Varsovia, Polonia, en 1935. El *blitz* de Varsovia ocurrió en 1939, cuando tenía cuatro años. Recuerdo las calles derrumbándose, los edificios ardiendo hasta quedar reducidos a polvo, y una bomba cayendo en el hueco de la escalera de nuestro edificio.

Poco después, huí de Polonia con mi familia y, durante seis años, vivimos en la Unión Soviética, la mayor parte del tiempo en Asia Central, en la ciudad de Turkestán, en lo que ahora es Kazajistán. Finalmente, llegamos a París en 1947 y después fuimos a Israel en 1949. Fui a los Estado Unidos de América en 1959. La historia de este libro tuvo lugar cuando yo tenía cinco años, en la primera época de nuestra estancia en Turkestán. El mapa original se perdió hace mucho tiempo, así que creé estos mapas basándome en el recuerdo de ese primer mapa, haciendo un *collage* y usando pluma, tinta y acuarelas.

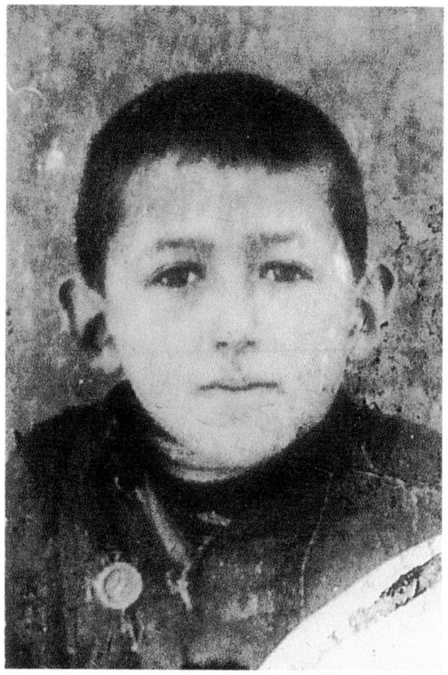

Este soy yo en Turkestán a los siete u ocho años. Es la única foto que conservo de aquella época. Sé que me la hicieron en invierno porque llevo una chaqueta de algodón acolchado que casi todos llevábamos en los meses fríos.

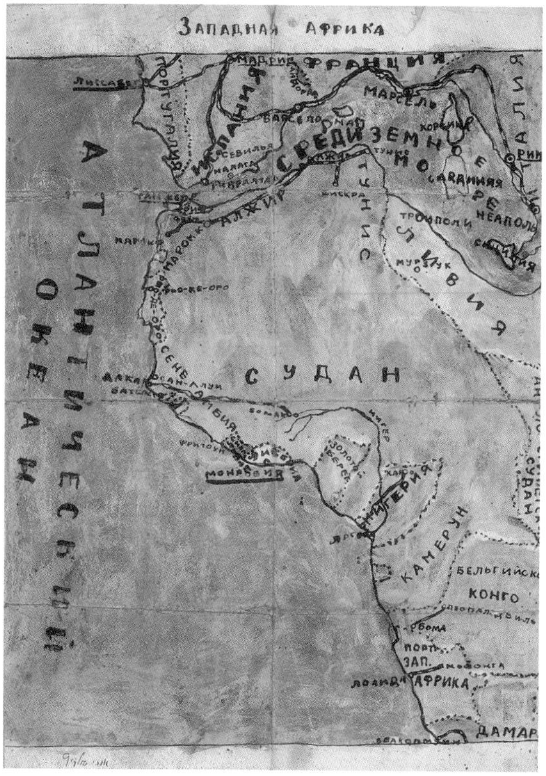
ЗАПАДНАЯ АФРИКА
ФРАНЦИЯ
ИСПАНИЯ
СРЕДИЗЕМНОЕ МОРЕ
АЛЖИР
ЛИВИЯ
АТЛАНТИЧЕСКИЙ ОКЕАН
СУДАН
НИГЕРИЯ
КАМЕРУН

Dibujé este mapa de África a los diez años, en el reverso de una carta. Tuve suerte de que la carta solo ocupara una cara porque entonces el papel era un lujo y las cartas estaban llenas de escritura en ambas caras. El mapa está en ruso, un idioma que entonces hablaba con fluidez pero del que ahora solo recuerdo algunas palabras.

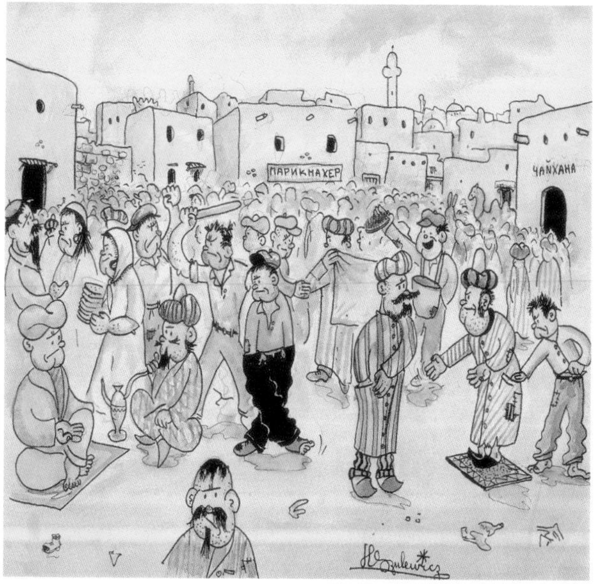
ПАРИКМАХЕР
ЧАЙХАНА

Cuando tenía trece años, vivíamos en París e hice este dibujo del mercado central de Turkestán de memoria. En París me volví un lector ávido de cómics, de ahí el estilo *cartoon* de este dibujo. Los carteles en los edificios están en ruso y significan “barbero” y “tetería” respectivamente. En aquellos días estudiaba en un colegio y fui el afortunado ganador de un concurso de dibujo entre todos los alumnos de los colegios del barrio. Fue mi primer éxito artístico.